LA RÉDACTION

DE LA

COUTUME D'AUVERGNE

EN 1510

D'après un rôle des Archives nationales. (P. 1189);

PAR

MAURICE FAUCON

Ancien Elève de l'Ecole des Chartes.

———✦———

CLERMONT-FERRAND

TYPOGRAPHIE FERDINAND THIBAUD, LIBRAIRE

Rue Saint-Genès, 8-10

1880.

LA RÉDACTION

DE LA

COUTUME D'AUVERGNE

EN 1510

D'après un rôle des Archives nationales. (P. 1189);

PAR

MAURICE FAUCON

Ancien Elève de l'Ecole des Chartes.

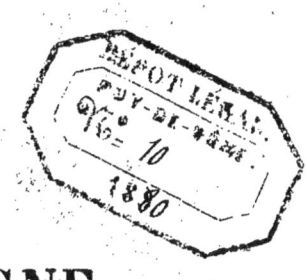

———❈———

CLERMONT-FERRAND

TYPOGRAPHIE FERDINAND THIBAUD, LIBRAIRE

Rue Saint-Genès, 8-10

1880.

Ⓒ

RÉDACTION DE LA COUTUME D'AUVERGNE

En 1510.

D'après un rôle des Archives nationales. (P. 1189).

———◦❖◦———

Les premières années du seizième siècle sont mémorables dans l'histoire juridique de la France. Sous le règne de Louis XII, en une période de dix ans, un grand nombre de coutumes provinciales furent rédigées, et le projet d'une rédaction générale, longtemps caressé et décrété à plusieurs reprises par les rois depuis Charles VII, se trouva presque entièrement réalisé. C'est en 1505, qu'une commission composée d'un certain nombre de membres du Parlement, sous la direction du premier président Thibaud Baillet et de l'avocat-général Roger Barme, fut chargée de publier les coutumes de tous les pays de France, fussent-elles purement orales et traditionnelles, eussent-elles été consacrées dans les âges passés par une plume savante et renommée, comme celles de Vermandois ou de Clermont, fussent-elles enfin recueillies par fragments et sans suite.

La coutume de Touraine fut imprimée la première, et le cardinal d'Amboise, à qui elle fut présentée, en signa le procès-verbal le 15 mai 1505. La coutume de Melun ne tarda pas à la suivre (2 octobre 1506). Puis vinrent successivement celles de Sens (7 mai 1507), de Montreuil-sur-Mer, d'Amiens, de Beauvaisis et d'Auxerre (1507), de Chartres, de Poitou, du Maine et d'Anjou (1508), de Meaux, de Troyes, de Chaumont, de Vitry, d'Orléans (1509), d'Auvergne (1510) (1) ;

(1) Cette même année 1510 fut promulguée la grande ordonnance en 72 articles, qui fixait les droits des gradués des universités au tiers des bénéfices

de Paris (2 mars 1511), d'Angoumois et de la Rochelle (1513-1515) (1).

M. Henri Martin (2), en faisant à juste titre remarquer la portée féconde d'une pareille mesure, insiste sur le scrupuleux contrôle qui présida à la confection de ces recueils : la royauté et ses légistes, loin de procéder arbitrairement à ces opérations, convoquèrent dans chaque pays régi par une coutume particulière une assemblée de gens des trois Etats, « comtes, châtelains, » seigneurs hauts justiciers, prélats, abbés, chapitres, officiers » du roi, avocats, licenciés, praticiens et autres notables bour- » geois ». Les articles une fois adoptés et la coutume publiée, ajoute M. Henri Martin, elle seule devait désormais faire foi en justice, et l'ancienne preuve « par tourbe » — *per turbam* — était supprimée.

Le compte que nous publions (3) n'est relatif qu'à une de ces coutumes, la coutume d'Auvergne. Mais son intérêt — grand pour notre pays — n'est point limité à l'histoire locale. La coutume d'Auvergne, nous l'avons dit, fut rédigée après plusieurs autres ; l'enquête pour la connaissance exacte des usages de chaque territoire, dirigée par les mêmes magistrats, dut être faite partout dans les mêmes formes, avec des soins égaux. Ce « rolle de la despance frayée pour rédiger les coustumes du pays d'Auvergne » montre les commissaires royaux allant vacquer « sur les champs » pour recueillir les témoignages des habitants ; il indique la rétribution qu'on leur allouait pour chaque vacation, rétribution de « cinquante solz pour jour, non-compris les despances » : c'est le salaire des gens de lois

vacants chaque année, cinq ans étant nécessaires aux bacheliers roturiers, trois aux bacheliers nobles ; supprimait les procédures latines dans les affaires criminelles, et les remplaçait en tous procès et enquêtes par le vulgaire langage du pays, afin que les témoins entendissent leurs dépositions et les accusés les charges portées contre eux ; etc.

(1) Voy. les *Coutumes et statuts particuliers de la plupart des baillages, sénéchaussées et prévôtés du royaume de France* (in-fo, 1540), et le *Grand Coutumier*, de Richebourg.

(2) *Histoire de France*, t. VII, p. 431.

(3) Il se trouve aux Archives nationales, Reg. P. 1189, no 5.

au commencement du XVIᵉ siècle. La convocation des « gens
des trois Etats » est accomplie soigneusement, car Gilbert Seguin y consacre vingt journées, Michel Roux sept journées,
Pierre Compaing quatorze journées, et ils reçoivent un salaire
de vingt solz pour chacune.

Ces faits sans doute ne s'appliquent point seulement à la
coutume d'Auvergne : les autres coutumes furent recueillies
suivant les mêmes règles. — L'histoire locale a plus encore à
prendre dans ce rôle. L'arrivée à Clermont du premier-président Antoine Duprat, le 19 juin 1510, et non le 18, comme
l'affirme Chabrol ; la durée des travaux qui ne sont terminés
que le 6 août, date du départ du premier-président (1) ; les
noms et fonctions des avocats et magistrats qui collaborent à
cette tâche, lesquels pour la plupart laissent une trace dans l'histoire d'Auvergne au seizième siècle : les Picot, les Brandon, les
Michete, les Mosnier, etc. ; le concours plus ou moins prolongé
qu'y prête chacun d'eux ; le prix de l'entretien d'un « cheval monté » , la distribution des six exemplaires de la coutume,
« l'un pour la cour, l'autre au bailhage de Montferrand, le tiers
» à la sénéchaussée d'Auvergne, le quart à Cusset, le cin-
» quiesme au bailli des montaignes, et le sixiesme es-arches du
» pays » ; ces faits et d'autres encore sont ici établis, con-
firmés ; et par là ce simple rôle devient pour la province un
utile complément des savants travaux auxquels a donné lieu
cette coutume (2).

Les esprits curieux d'anecdotes et de détails piquants y

---

(1) Selon Chabrol, la mission des commissaires royaux était terminée le
5 août (t. Iᵉʳ, p. VII). Les derniers jours du séjour d'Antoine Duprat furent
occupés sans doute par des travaux complémentaires.

(2) Nous citerons spécialement, pour les avoir consultés, les ouvrages sui-
vants :

1°. *Les Coustumes du haut et bas pays d'Auvergne nouvellement rédigées,*
1510, in-24.

2°. *Les Coutumes du haut et bas pays d'Auvergne,* etc. — Ed. Jean Durant,
in-12, 1570.

3°. *Les Coutumes générales et locales de la province d'Auvergne,* Ed.
Chabrol (Riom, 1784 — 1786. 4 vol. in-4°).

trouveront aussi leur compte. Ils y verront que ces graves magistrats n'étaient [point gens fort calmes et soigneux de leur
nature, et que les couvents de l'ordre des Jacobins semblent
prédestinés aux assemblées tumultueuses, car vingt livres sont
allouées au « prieur et couvent des Jacopins, pour le logis
qu'ilz ont presté et *pour plusieurs fractures de tables, bancs et
verreries*, et aussi pour les Messes du Saint-Esprit qu'ilz ont
dictes, et qu'ilz prient Dieu pour le roy et le pays. »

Pour ne point charger de notes le texte de ce rôle, d'une
lecture assez laborieuse déjà, disons ici que celui des six exemplaires de la coutume qui fut fait et relié pour « la Cour » est
maintenant aux Archives nationales sous la cote X^{1a}, 9218. —
C'est un manuscrit sur parchemin, relié de même, de trente-
cinq centimètres de hauteur sur vingt-cinq de largeur, et por-
tant pour titre : *Les Coustumes tant générales que locales du
hault et bas pays d'Auvergne*. Il est écrit avec grand luxe : le
titre est en lettres d'or, rouges et bleues. Le premier feuillet est
orné d'un riche et délicat encadrement de feuillage en or et
couleur ; au bas., l'écusson royal, mi-parti de France et de
Bretagne.

Le texte même des Coutumes générales et locales, et la ta-
ble qui le suit, occupent quarante-quatre feuillets. Puis vien-
nent douze autres feuillets, contenant en détail le procès-verbal
de la rédaction desdites coutumes, de la réunion des trois
États convoqués pour les sanctionner, des oppositions qui s'y
produisirent. Le tout est signé du premier-président Duprat,
du conseiller Picot et de Meslier, commis-greffier.

———

TEXTE DU ROLE.

C'est le rolle de la despance payée pour rédiger les coustumes du pays d'Auvergne par escript, tant bas que hault pays
d'Auvergne, par Messeigneurs Messire Anthoine Duprat,
chevalier, docteur en chacun droit, premier-président, et Mais-

tre Loys Pichot, conseiller du Roy nostre sire en sa court de
Parlement, commissaires par ledit Seigneur en ceste partie. Et
ce pour la part et pourcion dudit bas pays.

— Premierement a esté tauxé à Monseigneur le premier
Président qui arriva à Clermont le XIX⁰ juing et commança à
besoigner l'endemain vingtiesme, et pour le moys de julhet
jusques au VI⁰ jour d'aoust et dix jours pour son retour, rebatu les dimanches, dont n'a volu prandre journée, mais seul-
lement la despance à sept solz et six deniers pour cheval monté,
le tout deu à mondit seigneur le président pour la part dudit
bas Pays, la somme de troys cens soixante-unze livres. Et
par ce cy........................

IIIe LXXI ^{l. t.}

— A mondit seigneur Picot, pour semblables journées et
despens et [oul]tre pour son voaige, pour estre venu de Lyon à
Clermont, pour la part et pourcion dudit bas pays d'Auvergne
la somme de neuf vingtz seze livres tournois. Et par ce cy...

IX^{xx} XVI ^{l. tourn.}

— [A Monseigneur] le lieutenant-général du duché d'Auvergne qui a .... mondit seigneur le président trente-six journées ...... [rebatu] les dimanches, à
raison de soixante solz pour [jour, que sans] despens montent
cent huit livres tournois..................

CVIII ^{l. t.}

— A Maistre Michiel Brandon, advocat fiscal oudit duché,
pour semblables journées à ung escu pour jour et quinze sols
pour .... se montent la somme de quatre-vingtz dix
[livres tourn.]..........

IIII^{xx} X ^{l. t.}

— A Maistre Henry Michete, procureur ma dicte dame (1) oudit Duché, pour dix-huit journées par luy vacquées aux coustumes locales sur les champs, et vingt et troys journées en la ville de Clermont, rebatu troys dimanches pour les généralles, qui sont vingt journées à cinquante solz pour jour, comprins les despences, et les xix tournois à ung escu. Pour ce que les despens sont couchés cy-après par ung article qui ce montent...

IIII ˣˣ III [l.]

— A Maistre Gabriel Mosnier, pour vingt-six journées qu'il a vacquées tant sur les champs avec ledit Michete que à Clermont pour fere son rapport des coustumes localles. Monte le tout..

XLV [l. t.]

— Esdits Michete et Mosnier, pour la despence ordinaire ou extraordinaire par eulx faicte par les champs, ainsi qu'il appart [sic] par la certificacion par eulx bailhée.......

XX....

— A Maistre Jehan Combes, pour dix-huit journées par luy vacquées avec maistre Guillaume Myet sur les champs, pour la cause susdite, à ung escu pour jour, non comprins les despens pour ce qu'ils les .... par déclaration cy-amprès. Vallent...

[Le prix manque.]

— Audit Combes, pour trèze journées par luy vacquées

(1) Paléographiquement, il est absolument impossible de lire autre chose. Cette « dicte dame » doit être Suzanne de Bourbon, fille de Pierre, duc d'Auvergne, laquelle avait, en 1505, épousé son cousin Charles de Bourbon, pour couper court aux difficultés soulevées sur son droit de succession au duché d'Auvergne. — Mais nous ne voyons pas son nom prononcé auparavant de manière à justifier la formule « ma dicte dame. » — En 1510, Henri Michette était, en effet, procureur du duché d'Auvergne. — Cf. Chabrol, *Coutume d'Auvergne*, t. Iᵉʳ, p. CXIV.

comme ordinaire à Clermont, à cinquante solz pour journée et
despens, montent . . . .

XXXII l. **x** s.

— A Maistre Guillaume Myet, advocat et garde de la pré-
vosté de Riom, pour dix-huit journées vacquées avec ledit
Combes sur les champs, montant à ung escu pour jour, sans les
despens . . . .

XXXI l. **x** s.

— Audit Myet, pour autrez cinq journées qu'il a vacquées
à Clermont pour fere le rapport des coustumes localles, à la
raison de cinquante solz pour jour, tant pour ses journées que
despens à deux chevaulx, la somme de douze livres dix
solz . . . .

XII l. **x** solz.

— Esdits Combes et Myet, pour leur despance ordinaire
et extraordinaire, par eulx faicte sur les champs durant les dites
dix-huit journées, tant pour les officiers et sergens des lieux
que pour eulx, comme appert par certification par eulx bailhée,
la somme de trente-neuf livres t. . . . .

XXXIX l. t.

— A Maistre Anthoine Dagnes, pour trente-six journées
par lui vacquées à Clermont comme ordinaire, à la raison de
cinquante solz pour jour, tant pour ses journées que despens,
montans la somme de quatre-vingtz dix livres . . . .

IIII xx. **X** l. t.

— A Maistre Nycholas Berthelmy, advocat à Riom, pour
dix-neuf journées par luy vacquées sur les champs avec Maistre Illaire Thierry, pour les causes susdites, à ung escu pour
jour sans despens, pour ce qu'ilz sont couchés en article cy-

après, montant la somme de trente-troys livres cinq solz.
Pour ce........................

XXXIII l· v s·

— Audit Berthelmy, pour six journées par luy vacquées à
Clermont pour fere l'extrait et rapport des coustumes localles,
à la raison de cinquante solz pour jour, tant journées que despens, que se monte la somme de quinze livres. Et par ce....

XV l·

— Audit Maistre Illaire Thierry, pour semblables dix-neuf
journées par luy vacquées avec ledit Berthelmy sur les champs ,
à la raison d'un escu, pour ce que ses dépens sont compres (*sic*)
en ung article cy amprès, la somme de trente-troys livres cinq
solz. Et par ce......................

XXXIII l· v s·

— Audit Thierry, pour quatre journées par luy vacquées à
Clermont pour fere l'extraict et rapport des coustumes localles,
tant pour ses journées que despens, à la raison de cinquante solz
pour jour, montent la somme de dix livres t......

X l·

— Esdits Berthelmy et Thierry, pour la despance par eux
faicte sur les champs, lesdictes dix-neuf journées, tant ordinaire
que extraordinaire, comme [ils l'ont] bailhé par certification,
la somme de quarante livres trèze solz et quatre deniers. Et
pour ce...........................

XL l· t· XIII s· IV d·

— A Maistre Christofe Régis, lieutenant particulier au bail-
laige de Montferrand, pour trente-six journées par luy vacquées,

à deux chevaulx, non comprins les dimanches, qui se montent la somme de quatre vingt dix livres . . . .

$$\text{IIII}^{xx}\text{ X}^{l.\,t.}$$

— A Maistre Jehan Pradal, advocat audit bailhaige, pour semblables trente-six journées, à la raison de cinquante solz pour jour, par luy vacquées audit Clermont, semblable somme de quatre vingtz dix livres. Par ce. . . . .

$$\text{IIII}_{xx}\text{ X}^{l.\,t.}$$

— A Maistre Victour Chauderon, procureur pour le Roy audit bailhaige, pour semblables trente-six journées, à la raison de cinquante solz pour jour comme dessus, la somme de quatre vingtz dix livres. Par ce cy . . . .

$$\text{IIII}^{xx}\text{ X}^{l.\,t.}$$

— A Maistre Anne Chambon, pour douze journées qu'il a vacqué sur les champs avec maistre Jehan Charrier, à la raison d'un escu pour jour sans despens, pour ce qu'ilz sont compris à ung article cy ampres, la somme de vingt-une livres. Pour ce

$$\text{XXI}^{liv.\,t.}$$

— A Maistre Chambon, pour vingt et deux journées par luy vacquées à Clermont comme ordinaire à deux chevaulz, à raison de cinquante solz pour jour, la somme de cinquante-cinq livres. Par ce cy. . . . .

$$\text{LV}^{l.}$$

— Audit Maistre Jehan Charrier, pour douze journées qu'il a vacquées avec ledit Chambon sur les champs, à la raison de vingt solz pour jour sans despens, la somme de douze livres. Par ce ycy. . . . .

$$\text{XII}^{l.}$$

— Esdits Chambon et Charrier pour la despance par eulz faicte ordinaire ou extra ordinaire [*sic*], comme ilz ont bailhé par certification par eulx bailhée, montant la somme de vingt sept livres dix neuf solz et dix deniers tournois. Par ce.....

XXVII l. xix s. x d.

— A Maistre Michiel Bouchet, advocat audit bailhaige, qui a vacqué douze journées sur les champs avec Maistre Jehan Arlauld pour les coustumes localles, à la raison d'un escu sans despens, pour ce qu'ilz sont couchés à ung article cy amprès, la somme de vingt une livres. Et pour ce.......

XXI l.

— A Maistre Jehan Arlault, pour douze journées qu'il a vacquées avec ledit Bouchet sur les champs pour lesdites coustumes localles, à la raison de vingt solz, pour ce qu'il a touché ses despens à ung article cy amprès, la somme de douze livres. Et pour ce ....

XII l.

— Esdits Boschet et Arlault, pour les despens ordinaires et extraordinaires par eulx faitz sur les champs pour les officiers et sergents des lieux, comme ils ont bailhé par certification, la somme de vingt et une livres douze solz. Et pour ce.......

XXI l. xii s.

— A Maistre Anthoine Bourg, advocat à Montferrand, pour douze journées qu'il a vacquées sur les champs et troys pour faire son extrait et rapport, la somme de vingt six livres cinq solz. Et pour ce ycy.............

XXVI l. v s.

— A Maistre Jehan Souvestre, pour autres douze journées par luy vacquées sur les champs avec ledit Bourg, et trois à fere son rapport et extrait, semblable somme de vingt-six livres cinq solz. Pour ce ycy..............

XXVI ^{l.} v ^{s.}

— Esditz Bourg et Souvestre, pour leur despance ordinaire et extraordinaire, faicte sur les champs pour les officiers et sergeuts des lieux, comme appert par certification par eulx bailhée, la somme de trente-six livres dix solz et unze deniers.......

XXXVI ^{l.} x ^{s.} xi ^{den.}

— A Maistre Toussainctz Meslier, greffier et scribe des susditz seigneurs les commissaires, pour la part et pourcion dudit bas pays d'Auvergne, la somme de vingt trois livres six sols et huit [deniers]. Et pour ce ycy...........

XXIII ^{l.} vi ^{s.} viii ^{d.}

— A Piarre de Pradetes, pour troys voaiges par lui faitz à Lyon .... pour renouveler ladite commission et avoir descharge de deniers, où il a vacqués trente-sept journées, qui est, pour la part dudit bas pays, vingt cinq livres. Par ce...

XXV ^{liv.}

— *Aux prieur et couvent des Jacopins (sic) pour le logis qu'ilz ont presté et pour plusieurs fractures de tables, bancs et verreries, et aussi pour les Messes du Sainct-Esperit qu'ilz ont dictes, et qu'ilz prient Dieu pour le roy et le pays, et pour aumosne, pour la part dudit bas pays, la somme de vingt livres tournoys............*

XX ^{l. t.}

— A Gilbert Seguin, pour vingt journées qu'il a vacquées pour mander les trois estats, à la raison de vingt solz pour jour, la somme de vingt livres. Par ce ycy...........

XX ^{liv.}

— A Michiel Roux, pour sept journées qu'il a vacqués pour mander lesditz seigneurs desditz troys estatz, à la raison de vingt solz pour jour, la somme de sept livres t. Pour ce ycy.

VII [l. t.]

— A Pierre Compaing, pour quatorze journées qu'il a vacquées pour mander lesdits trois estats, à la raison susdite, la somme de quatorze livres. Pour ce...............

XIIII [l.]

— Aux clerc et serviteurs de la ville de Clermont, assavoir Estienne Boniface clerc, Durand Feulhade et Pierre Presle, serviteurs, la somme de vingt livres, pour plusieurs services qu'ilz ont faitz durant ladicte commission. C'est assavoir audit *Bonifaci* (sic) dix livres, audit Durant Feulhade sept livres, et audit Pierre Presle troys livres, qu'est ensemble toute ladite somme vingt livres t. Et pour ce cy...........

XX [l.]

— A trèze sergens royaulx qui ont gardé les portes et servy durant la publicacion desdites coustumes, à chascun d'eux vingt solz, ce qu'est pour tous ensemble la somme de trèze livres. Pour ce ycy......................

XIII [l.]

— Pour la façon, grosse et minute de six livres coustumiers et relhiure d'iceulx, *l'un pour la cour, l'autre au bailhaige de Montferrand, le tiers à la sénéchaussée d'Auvergne, le quart à Cusset, le cinquième au bailly des montaignes et le sixiesme es arches du pays*, pour la part et pourcion dudit bas pays, la somme de soixante livres. Par ce ycy......

LX [l.]

— Aux serviteurs de nosdits seigneurs les commissaires qui

sont neuf, pour la part et pourcion dudit bas pays, la somme de cinquante livres, laquelle a esté distribuée esdits serviteurs par ordonnance et rolle fait par les délégués par lesdits Estats. Par ce ycy . . . .

L^{l.}

Somme que monte le présent rolle, fait pour les fraitz faitz pour le bas pays, la somme de deux mille quatre vingtz quatre livres cinq sols et cinq deniers. . . . .

II^m IIII^{xx} IIII^{l.} v s. v d.

DUPRAT,	PICOT,	QUINTIN.
DE COLONGES (1).	LECERF.	
N. V. CHAUDERON.	LERMITE DE LAFAYE.	

(1) Lieutenant-général de la Sénéchaussée d'Auvergne. Voy. Chabrol, *Coutume d'Auvergne*, t. Ier, p. CXIII.

Clermont, typ. F. THIBAUD.

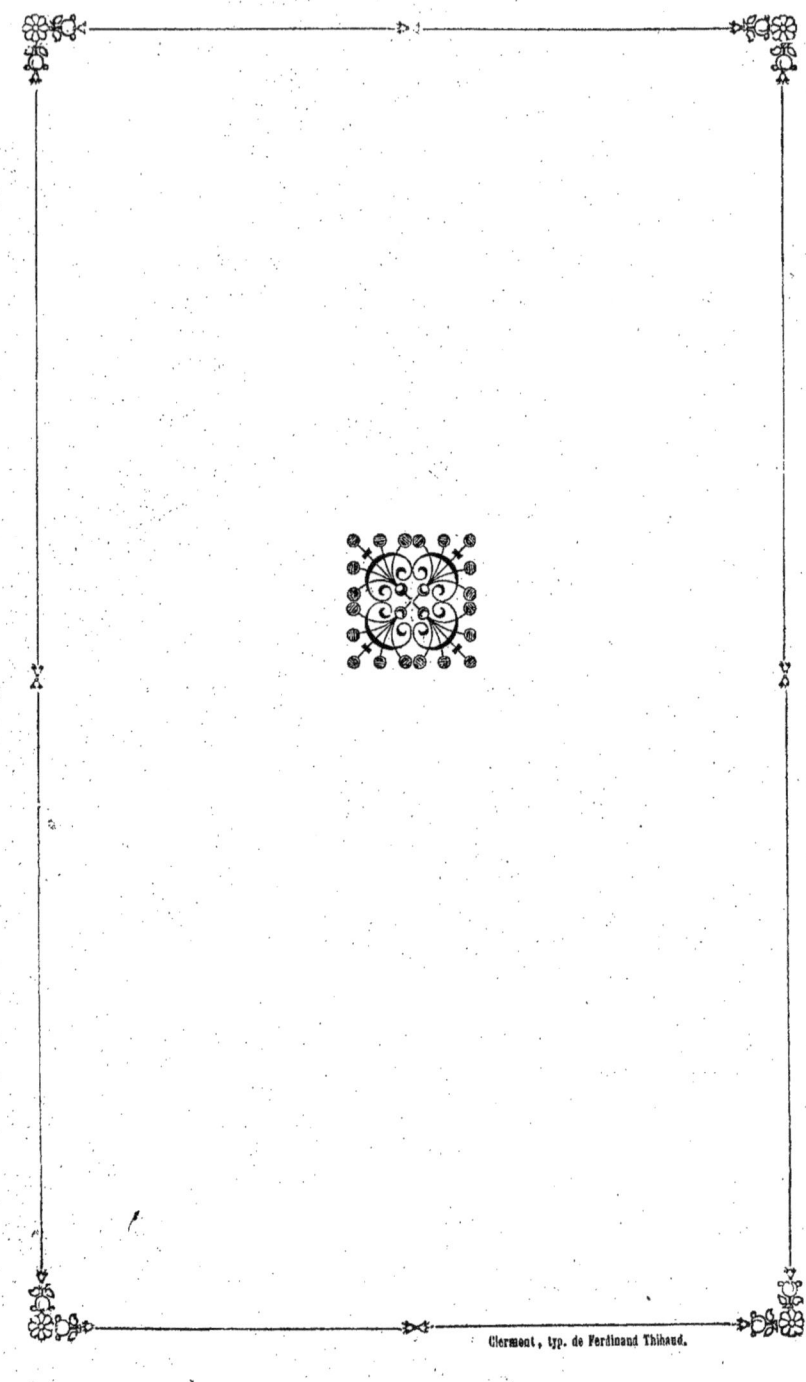

Clermont, typ. de Ferdinand Thibaud.

www.ingramcontent.com/pod-product-compliance
Lightning Source LLC
Chambersburg PA
CBHW061528170626
46811CB00004B/1892